LA ROYAUTÉ

IMMINENTE

PAR A. BARBAT DE BIGNICOURT

*Membre de la Société des Gens de Lettres
et de plusieurs Sociétés savantes,
Président de la Société des Sciences et Arts de Vitry-le-François.*

Prix : **1** Franc.

REIMS

IMPRIMERIE COOPÉRATIVE, 24, RUE PLUCHE

Mars 1877

A. BARBAT DE BIGNICOURT

LA ROYAUTÉ

IMMINENTE

REIMS

IMPRIMERIE COOPÉRATIVE, 24, RUE PLUCHE

Mars 1877

LA ROYAUTÉ

IMMINENTE

> Les symptômes derniers de décadence mar-
> quent les États qui courent à la ruine : les
> condamnés sont réhabilités, la chose jugée
> est discutée et foulée aux pieds, les déportés
> reviennent. Lorsque ces symptômes apparais-
> sent, la ruine est proche; lorsqu'ils se réa-
> lisent, il n'y a plus d'espoir de salut.
>
> CICÉRON.

C'est Cicéron qui, s'adressant au Sénat romain,
lui tient ce langage.

Les symptômes dont il parle nous les voyons
partout apparaître et se réaliser.

Est-ce à dire que ce langage est prophétique,
et devons-nous croire à la ruine irrémédiable de
notre pays?

Non.

Nous ne le pensons pas, parce que nous sommes
de ceux qui n'ont jamais désespéré de la France.

Et nous n'avons jamais désespéré de notre pays,

parce que nous nous sommes dit qu'il avait un remède sûr à opposer au grand mal révolutionnaire qui nous dévore. Ce remède, c'est :

La Royauté !

Celle-ci vient. Elle arrive. On la sent. Tous les efforts qu'on a faits contre elle dans ces dernières années, rendent son triomphe encore plus certain. Ce triomphe aura un autre nom, il s'appellera : Réparation.

Oui, elle réparera tous nos maux, la vieille Royauté française, et nous réhabilitera à nos propres yeux d'abord ; aux yeux du monde ensuite.

Nous en avons besoin. Nous nous prenons nous-mêmes en pitié. Ne sommes-nous pas nos propres juges ? Au dehors, les moins prévenus nous regardent et — comme les arbres de la forêt dont parle Henri Heine — « ils secouent la tête d'un air de compassion. »

Il est donc bon qu'elle arrive, la Royauté. Encore quelque temps et la sentence de Cicéron se trouve vraie.

Mais elle vient, je le répète. Elle est dans l'air et tout le monde la pressent. Son retour sera une grande joie pour ceux-là même qui semblent le plus la redouter. Comme en 1873, elle apparaît à tous les bons esprits, prête à nous apporter le principe sauveur qui remettra chaque chose à sa place : le Roi d'abord, sur son trône, la nation ensuite, dans ses droits, et la France surtout dans son bon sens.

Elle est là, vous dis-je, noble et fière, digne, sûre d'elle-même, ayant conscience de sa puissance et de sa force toute morale, et semblant dire : « Vous le

voyez bien, j'ai attendu que vos expériences fussent
faites, me voici...»

Chose étrange ! il y a, en ce moment, beaucoup
de gens qui l'appellent sans même avoir conscience
de ce qu'ils désirent. Comme le disait, dernièrement,
une plume autorisée,ces gens-là « ont besoin d'être
rassurés.» Vers qui se tournent-ils ? Vers un je ne
sais quoi qui leur dit : « Là est le salut ! »

On a rendu les consciences si molles et si flexibles,
dans ces derniers temps, que beaucoup de cœurs
généreux et droits, n'ont plus même le ressort nécessaire pour se dire : « Voilà ce que je veux... »

Mais l'instinct est là qui supplée à la volonté
absente. D'instinct, tous ces hommes hochent la tête,
quand on leur parle de République, d'empire ou de
royauté bâtarde. Ils hésitent, balbutient, ne disent
ni oui ni non et restent froids. Tout au contraire,
si on leur parle de monarchie vraie, ils deviennent
sérieux, ils s'animent et on les entend dire : « Ah ! si
elle était possible ?... »

Il convient donc de montrer que la monarchie vraie
est non-seulement possible, mais certaine.

Cette simple différence d'appréciation est signifi-
cative, en effet. Elle veut dire que les replâtrages
politiques n'inspirent plus confiance à personne et
qu'on sent — dans le gros du public — que l'heure
est venue de ne plus avoir recours à un homme, mais
bien à un principe.

Il s'agit d'expliquer comme quoi le succès d'une
cause juste est assurée, du moment qu'on ne diffère
plus que sur les moyens ou la possibilité même
d'exécution et d'application. On niait devant l'in-
venteur de la vapeur qu'elle pût jamais être appli-

quée à la navigation. « Qu'importe, dit-il, le principe est trouvé. » Plus tard, on fit des bateaux à vapeur qui marchèrent.

Vouloir, c'est pouvoir, a-t-on dit souvent. Le mot impossible, d'ailleurs, n'est pas français.

II

Nous allons donc essayer d'expliquer à ceux qui
jugent la Restauration monarchique en France difficile, sinon impossible, qu'ils se trompent ; qu'ils
ne sauraient plus longtemps rester dupes d'un mi-
rage destiné à disparaître ; — que toutes les raisons
données par eux jusqu'ici, contre cette Restauration,
ne sauraient tenir contre un peu de raison, de
bonne foi et de patriotisme.

Prévenons d'abord le lecteur que notre intention
n'est pas de tourner les difficultés, encore moins
de chercher à éviter les obstacles. Nous attaquerons,
au contraire, le taureau par les cornes. Nous ne
voulons laisser aucun argument de côté ; nous
répondrons même aux arguties produites par l'igno-
rance, le préjugé ou l'égarement des esprits.
Nous ne demandons qu'une chose, c'est qu'on nous
écoute et qu'on nous lise avec bonne foi. Les hommes de bonne foi seuls sont dignes qu'on discute avec
eux. En duel, on ne met pas aux mains des com-
battants des armes de longueurs différentes. Plai-
gnons ceux qui, dans les discussions suprêmes de
la politique actuelle, ne voient que matière à injures, à mensonge ou à railleries. Ceux qui discu-

tent ainsi, donnent la mesure de leur impuissance et aussi de l'infériorité de leur cause. On peut être sévère, tout en restant courtois. Des injures n'ont jamais été des raisons. Ce sont des raisons que nous voulons donner à ceux qui nous feront l'honneur de nous lire.

Le temps des explications nettes, franches et claires est à la fin venu. Nous n'y avons jamais failli pour notre part. Ce n'est pas aujourd'hui — quand la maison brûle — que nous voudrions commencer.

Encore une fois nous prendrons les choses par le grand et par le petit côté. Nous tiendrons compte des arguments sérieux et encore des misères. Les petits esprits, comme les grands cœurs, auront de nous satisfaction. Aux uns, nous parlerons de la France, de son passé, de son présent, de son avenir—de sa grandeur aussi ; aux autres, nous dirons quel cas nous faisons des vieilles redites propagées par l'esprit de parti contre l'ancien régime, le drapeau, les tendances cléricales du roi, Rome, etc., et des mille rengaines qu'on exploite, dans certains milieux, contre la Monarchie, sans en croire souvent un traitre mot.

Nous ne répudions que ceux qui seraient résolus, alors même que nous leur prouverions que la France est intéressée, *à tous les points de vue*, à revenir à la Monarchie ; — que la République fait son malheur et sa honte ; que tous les expédients gouvernementaux plus ou moins révolutionnaires qu'on tenterait ou qu'on a tentés jusqu'ici, ne la sauveraient pas, — à se déclarer encore, *envers et contre tout*, républicains, impérialistes ou orléanistes.

A ceux-là, nous ne parlons pas, car on ne saurait jamais avoir raison d'un parti pris.

Nous nous adressons aux foules honnêtes, sensées, indifférentes si l'on veut en politique,—mais au fond justes.

Ne faut-il pas qu'elles sachent bien, définitivement, que les objections qu'on nous oppose sur la possibilité du rétablissement de la Monarchie, ne sont pas fondées ; que les préjugés qu'on exploite contre la légitimité — qui représente notre vieux droit national —ne supportent pas une seule minute l'examen ; que l'honneur des gens de bonne foi est engagé à ce que tout le monde, enfin, voie clair ?...

Nous examinerons successivement trois points.

1° La République est-elle possible ? Est elle née viable ? A-t-elle chance de durer ?

2° Que pourrait-on mettre à la place de la République, si on l'abandonnait : l'Empire, un prince d'Orléans, ou Henri V ?

3° Quel serait le rôle de la Monarchie légitime, si elle était restaurée en France ?

Nous dirons ensuite quelles peuvent bien être les aspirations actuelles du pays, au triple point de vue politique, religieux et social.

Nous proclamerons enfin ce qu'est le Roi : l'honneur, la loyauté même — la France personnifiée !

Il se peut, notre œuvre terminée, que certains nous traitent de rêveur; nous leur répondrons qu'ils sont des aveugles. L'événement dira ensuite qui avait raison.

Mais il y a une chose sûre, c'est que si nous nous trompons, — et nous pouvons certes nous tromper,

— les temps prévus par le grand orateur romain sont proches, et la ruine complète, définitive, irrémédiable de notre patrie est décidée.

Il n'y aurait plus alors qu'à laisser prononcer par l'Europe le mot fatal que l'Allemagne unie de Napoléon III se serait chargée d'écrire :

Finis Franciæ !

III.

La République est-elle possible ? Est-elle née
viable ? A-t-elle chance de durée ?

Tel est notre premier thème.

C'est à ces trois points d'interrogation qu'il nous
faut d'abord répondre.

Nous pourrions simplement dire, en face de ce
qui se passe, que poser ainsi la question, c'est la
résoudre.

Essayons cependant de discuter, en ne tenant pas
même compte des mille et une voix de l'opinion, qui
nous crient de tous les côtés : Non, non, non,—mille
fois non !

C'est aux républicains eux-mêmes que nous nous
adressons. Admettent-ils que l'état de choses actuel donne satisfaction à qui que ce soit de sincère
et d'honnête dans leur camp ? Considèrent-ils comme
viable un gouvernement de République qui ne peut
se soutenir justement que parce qu'il a pour président le moins républicain des hommes ? Pensent-
ils que le système qu'ils préconisent a chance de
durer, du moment qu'on n'ose même pas, à Versailles — et à plus forte raison à Paris — appliquer les principes républicains ?

Ici, il convient de faire une distinction, nous en-

tendons des récriminations se produire. Hâtons-nous
d'y répondre.

« Ce n'est pas la République que nous avons, disent les uns. Le jour où nous serons ministres on
l'aura... »

— Mais c'est justement — répondons-nous — ce
que disaient du temps de MM. de Broglie, Ernoul
et Dufaure ceux qui sont ministres aujourd'hui ;
d'autres après vous le diront encore ; nous n'en
finirons pas...

Un autre chœur d'hommes, en apparence convaincus, se fait entendre :

« Croyez-vous, disent-ils, que nous voudrions
d'une République radicale qui ne laisserait rien debout : ni armée, ni magistrature, ni clergé ? Allons
donc ! Nous ne voulons pas plus que vous de ces
énergumènes qui nous demandent à satiété l'amnistie. L'amnistie ! mais ce serait le retour de tous les
impuissants et des brouillons, des violents aussi !
Tout ce monde-là est bien à la Nouvelle-Calédonie :
qu'il y reste ! Nous voulons, nous, une République
honnête, conservatrice *et modérée*...

— Le merle blanc ! répondons-nous. Et nous
ajoutons : « Mais vous l'avez eue, cette République,
du temps de M. Thiers ? Or, franchement, nous
avons d'autant moins lieu de la bénir que *ceci* a
produit *cela*. Oubliez-vous donc le fameux évangile
selon saint Mathieu : *Abraham autem genuit Isaac ;
Isaac autem genuit Jacob*, etc. Tout se tient. »

D'autres voix s'élèvent :

« Nous, — disent-elles, — nous avons, dans le
temps, été plébiscitaires, mais nous sommes aujour-
d'hui républicains. Nous étions pour l'Empire « li-

béral » ; il n'a pu tenir : Vive la République ! La République est de tous les gouvernements celui qui nous divise le moins (air connu). Seulement, nous voulons que la République nous permette de nous grandir et de faire nos petites affaires en paix. Nous n'étions rien hier, nous sommes quelque chose aujourd'hui. Encore une fois : Vive la République ! »

— Très-bien, bonnes gens — hasardons-nous ; — mais de quelle République voulez-vous ? de celle de M. Madier de Monjau, de M. Louis Blanc et de M. Naquet, ou de celle de MM. Léon Say, de Marcère et Jules Simon ?

Ici, grand silence.

Puis, une plus grande cacophonie encore : « Permettez... Attendez... Je veux bien... Je ne dis pas... »

Finalement, nulle entente.

Cette division des républicains fait notre force. Ceux qui sont théoriquement tels, veulent la fin et aussi les moyens. Or, la fin, c'est le socialisme, et les moyens, ce sont les doctrines de la démocratie pure. Les autres veulent bien les moyens — places, honneurs et croix — mais pas la fin : le radicalisme.

Arrangez-vous, messieurs.

C'est là qu'est le difficile ?

Les vrais républicains nous plairaient assez, parce qu'après tout ils sont de bonne foi, si égarés soient-ils. Mais avec eux on va droit au socialisme, qui est la conséquence forcée du radicalisme, et la perspective n'a rien de gai. D'autant moins qu'avec ces messieurs, on n'est jamais sûr de ne pas avoir le cou coupé. Ils veulent faire table rase de la so-

ciété, et en cela ils sont logiques. On aurait tort
d'en douter, puisque tous, parmi les *purs*, déclarent
franchement qu'ils n'ont pas d'autre but. Or, comme
ni vous, ni moi, ni les républicains à l'eau de rose
n'en veulent — de cette république *non aimable* qui
prendrait forcément M. de Rochefort pour ministre
de l'intérieur —, nous nous croyons fondés, nous
royalistes, à dire aux vrais républicains : « Votre
République ne saurait être ; elle n'est pas ; elle ne
sera que le jour où il s'agira d'enterrer l'autre,
celle des modérés ; or, ce jour-là, nous serons là,
nous aussi, pour enterrer la vôtre.

Pouvons-nous faire la même réponse aux modérés ? Peut-être bien. Il s'agit de retourner les
mots.

Les *modérés* savent très-bien que ce sont les
autres qui les ont mis là où ils sont. Eux, ne tiennent plus la corde et ne l'ignorent pas. Ils n'ignorent pas non plus que les *autres* ont toujours su
payer de leur personne, tandis qu'eux se cachaient
dans les caves, les jours d'émeute. Ils sont parfaitement convaincus que les *autres* descendraient encore dans la rue, s'il le fallait. Cela s'est vu, même
du temps de Cavaignac et de Caussidière. Ils s'a-
vouent finalement qu'ils auraient toujours le dessous. De là leurs craintes.

Il y a de plus une très-grande haine et une an-
tipathie plus grande encore entre les *purs*, qui ont
l'oreille des foules, et les *modérés*, qui voudraient
bien couper les oreilles aux *purs*. Cela s'explique. Les
modérés, à certaines heures, ont toujours été du
côté de ceux qui envoyaient les gens à Cayenne.
Le titre d'*opportunistes*, derrière lequel ils se cachent, sonnent extrêmement mal aux oreilles des

avancés. Il ne faut que lire les journaux de la vraie bande démocratique — qui tirent à 20,000 pendant que les autres ne tirent qu'à 2,000 — pour être facilement convaincu que ni M. Jules Simon, ni son prédécesseur M. de Marcère, ni même son successeur — s'appelât-il Rabagas — ne pourraient jamais gouverner que si les « frères » — retour de Nouméa — le permettaient.

Donc, aux républicains *modérés,* nous disons aussi :

« Votre république de carton ne durera pas. Elle est dès maintenant frappée à mort. Créée dans un jour de surprise, au lendemain de Sedan — le choléra après la peste — elle n'est pas née viable. Un tas d'intrigants et de fruits secs se sont alors emparés de toutes les places et désirent les garder, sous forme de République honnête. Mais l'honnêteté n'a rien à voir dans ces choses-là. C'est la vanité tout au plus qui est en jeu, et vous ne songez, Messieurs, qu'à mettre en pratique, sur une vaste échelle, le grand principe : « Ote-toi de là que je m'y mette. » En outre, tous les hommes sérieux s'éloignent de l'affaire. Elle n'a produit, dans les Chambres, dans les administrations, dans les conseils électifs que des médiocrités. Vous n'arriverez à rien, parce que, toujours trop avancés pour nous, vous ne le serez jamais assez pour les *autres.* »

Restent les républicains, qui ne sont tels qu'à la façon des moutons de Panurge, lesquels passaient volontiers par où d'autres avaient passé. Ceux-là sont les naïfs. On ne répond guère aux niais. Conservez vos illusions si vous le voulez, mes braves gens. Vous vous réveillerez toujours assez vite du rêve que vous faites. Seulement — si vous êtes commerçants, industriels, propriétaires, — méfiez-vous, car on vous brûlera, on vous pillera, on vous pendra, le jour du triomphe de la grande république sociale, si jamais il arrive. S'il ne doit pas arriver, dormez tranquilles. Vous êtes le pivot dont on se sert et sur lequel on fait en ce moment tourner la mécanique républicaine. Paix à vous, comme aux hommes de bonne volonté ! Espérons que vous n'obtiendrez jamais le sort que vous avez si bien mérité par votre inconcevable aveuglement ! Votre meilleure chance serait alors que les Prussiens vinssent encore une fois faire la police chez vous ?... Mais cette éventualité-là est trop triste ! n'y pensons pas.

Le Roi, d'ailleurs, ne leur laissera pas le temps d'arriver, aux Prussiens. Il sera là, avec ses alliés, et les arrêtera !...

En résumé, voici donc notre pensée.

Une République, modérée ou non (qui ne devrait pas, en bonne justice, avoir de président et qui en a un—et lequel ?) une République qui n'ose pas mettre en pratique les éléments premiers de son programme de tous les temps : la liberté de réunion, la liberté de la presse, l'instruction laïque, gratuite, obligatoire, le peuple armé, l'impôt progressif, la magistrature élective ou tout au moins amovible et autres balivernes que les républicains ont toujours revendiquées ; une république qui se produit ainsi *n'en est pas une*. Elle présente tous les inconvénients de la chose dont elle porte le nom, sans avoir aucun de ses avantages. Un gouvernement comme celui-là, *n'a aucune chance de se soutenir*, en France, dans un temps surtout où le pays — dans la position du chat échaudé qui craint l'eau chaude, — a un immense besoin d'ordre, de sécurité, de tranquillité.

Une république, au contraire, qui mettrait en pratique tous «les grands principes» a encore moins de chances de vivre, parce que l'instinct des masses honnêtes les repoussent, ces principes, dans la pratique, et que le bon sens national, d'ailleurs, ne veut plus de désordre, d'anarchie, de sang—toutes choses qu'amènerait avec elle la vraie République, une, indivisible, démocratique et sociale.

Ajoutons ceci. Ce que certaines gens aiment dans la République, c'est le nom. Ils se figurent que sous ce vocable, le gouvernement, le pays—l'Etat si l'on veut— doit faire des merveilles et surtout mettre en haut ce qui est en bas (ce qui est un peu vrai), et faire tomber à chacun des allouettes toutes rôties dans le bec (ce qui n'est plus vrai du tout). Combien, —s'ils connaissaient la chose et surtout se rendaient compte des conséquences qu'aura la chose, — perdraient tout amour pour le nom!...

Nous allons plus loin.

Nous affirmons que la très grande majorité, en France, *n'est pas républicaine*, et que cette très grande majorité ne croit pas, par cela même, à la durée du gouvernement actuel.

La révision constitutionnelle étant de droit en 1880, et même avant si le Maréchal la propose, c'est un droit aussi pour nous de dire cela et au besoin de le prouver.

Qu'on arrête, au hasard, dix personnes dans la rue,—de celles qui raisonnent, s'entend — et qu'on leur pose à toutes la même question, en les adjurant individuellement—et abstraction faite de leurs opinions,—de se montrer de bonne foi; savez-vous ce qui arrivera ?

A cette question : « Croyez-vous à la durée de la République ? » deux répondront peut-être : Oui ; trois autres feront : « Hum ! hum !...» et les cinq dernières s'écrieront avec une touchante harmonie : « Non, certes !...»

Je ne parle, encore une fois, que de gens sincères.

Faites l'expérience, lecteurs, si le cœur vous en dit. Commencez seulement par déclarer que c'est la vérité, toute la vérité, *rien que la vérité*, que vous voulez. Vous verrez ce qui arrivera. Peut-être quelques-uns des interrogés jureront-ils leurs grands dieux qu'ils croient à l'affermissement de dame République ? Racontez-leur alors le joli dialogue des *deux Normands*, de Piron, et offrez-leur le pari de la fin ; vous verrez que la même scène se reproduira :

Fable ! à d'autres, tu veux rire.
— Non parbleu, foi de chrétien !
Vrai comme je suis de Vire.
— En jurererais-tu ?
       — Très-bien !
— Encore n'en croirai-je rien
Qu un louis il ne m'en coûte ;
Le voilà : Parie ! — Ecoute,
Je te l'avouerai tout bas :
J'en jurerais bien sans doute,
Mais je ne parierais pas.

IV.

Si, de l'aveu de la majorité, et de la très-grande
majorité, la République est jugée impossible, peu
viable et sans chance de durée, quel gouvernement
pourrait-on mettre à sa place ?

Ici, nous entrons dans notre seconde question.

Elle paraît complexe, celle-là, et pourtant elle est
bien simple.

L'Empire, un prince d'Orléans ou Henri V, avons-
nous dit ?

Essayons encore de raisonner.

Je ne veux plus dire du mal de l'Empire. Il nous
en a tant fait, militairement, économiquement, di-
plomatiquement, religieusement, — moralement surtout, que je n'ai pas le courage de revenir sur des
déclarations dix fois faites et faites dans un temps où
il y avait peut-être quelque mérite à les rendre publiques, puisqu'elles se produisaient aussi bien pendant que l'Empire était encore debout qu'après sa
chute.

L'Empire, malheureusement, était le gouvernement le plus mauvais que pût avoir la France, après
les folies de 1848, justement parce que, procédant
lui-même de la révolution, il avait la prétention
d'être un gouvernement d'ordre. Quelques mois de
dictature eussent suffi, à ce compte ; les dix-huit ans

de règne furent de trop. On le vit, hélas ! toujours se raccrocher aux branches démocratiques, tout en faisant des efforts inouïs de compression.

Mais compression n'est pas autorité, pas plus que souveraineté nationale n'est liberté. Des mots, tout cela. Il y eut, sous ce rapport, un mélange inouï, dans l'application, de principes contraires, sous Napoléon III. Toujours, sous le second Empire, le faux libéralisme se mêla à la fausse autorité. Un gouvernement vit, à ce compte, tant qu'il s'agit de rassurer des intérêts, tout en flattant des vanités. Mais l'heure fatale des échéances arrive. Un beau jour, tout croule sous les atteintes de l'ennemi du dehors ou de celui du dedans et l'on ne trouve plus que petitesse, imprévoyance, compromission et despotisme derrière ce manteau de pourpre dont on se couvrait, et qu'a déchiré à belles dents la Révolution.

Pourquoi aucun des gouvernements qui se sont succédé en France, depuis 1830, n'a-t-il pas pu tenir ? Parce qu'ils procédaient tous de cette dernière.

La Révolution est un Minotaure, on l'a dit souvent, qui dévore ses enfants.

Admettez-vous que la Révolution soit une bonne chose, Impérialistes qui vous dites dévoués aux idées d'ordre ? Si oui, saluez votre mère. Mais si vous la reniez, cette Révolution fatale qui fait depuis tant d'années le malheur de la France, dites-vous bien qu'il faut rompre avec elle une bonne fois, et qu'on doit la maudire sous quelque forme qu'elle se présente, aussi bien sous la forme césarienne que sous les autres.

Ou votre appel au peuple — théorie nouvelle derrière laquelle vous vous abritez, avec la ferme intention d'envoyer le peuple promener le jour où il vous aura rendu le pouvoir — n'est qu'un vain mot, ou ce mot veut dire que vous reconnaissez le principe de la souveraineté populaire et que vous entendez n'émaner que de lui ?

Imprudents ! Votre raisonnement ne saurait tenir un instant devant une discussion loyale. Vous voulez un gouvernement héréditaire, puisque vos constitutions impériales le décident ainsi, et vous donnez au peuple voix au chapitre !... Mais c'est tout un ou tout autre ? Vous livrez, vous-mêmes, à ce peuple —si crédule et si changeant — le droit et le moyen de vous renverser. Vous voulez qu'on lui demande, aujourd'hui, s'il veut de vous ?.. Mais songez donc à un premier danger. Si le peuple répond non, n'êtes-vous pas bel et bien perdus, de par vos théories mêmes ? S'il répond oui, il n'abdique aucun de ses droits — naturellement—pour l'avenir, et le voici, dans dix ans, dans un mois, dans huit jours, au nom de sa même souveraineté, en passe et toujours libre de vous renverser !... Autant alors voter l'établissement d'une monarchie élective — qui a fait de la Pologne ce que vous savez.

Et si vous me dites que ce n'est pas ainsi que vous l'entendez ; que le peuple ne saurait jamais être consulté — une fois l'empire rétabli — sur la question de dynastie et d'ordre de succession au trône, je vous dirai que vous n'êtes pas sérieux et que vous ressemblez un peu trop à ce généraux bienfaiteur de la comédie qui toujours reprenait d'une main ce qu'il avait donné de l'autre. Cela se voit dans les loges de Polichinelle aux Champs-

Elysées, mais nullement dans le cabinet des hommes
graves.

Non, la souveraineté populaire est ou elle n'est
pas. Ce sont de ces choses qui ne se prescrivent
pas. Et c'est si vrai que, depuis trop longtemps déjà,
toutes les révolutions se sont faites au nom de cette
même souveraineté, dont vous voudriez bien avoir
le bénéfice, sans être jamais appelés à en connaître
les inconvénients. Ce principe est essentiellement
révolutionnaire. Il convient à un état de république.
Il se peut que vous l'adoptiez, en ce moment,
comme moyen de nous revenir, mais ce n'est ni
sérieusement ni franchement que vous le revendiquez.
Entre vos mains, ce principe ne peut être qu'une
attrape ou une supercherie indigne de vrais patriotes.

Combien est supérieure la vieille doctrine de notre
ancien droit français monarchique : *Lex fit consensu populi et constitutione regis.* Au moins le Roi
est quelque chose. On ne peut ainsi le changer du
jour au lendemain, et si le Roi est mort, eh bien : —
vive le Roi !

V.

Je divise les hommes qui se disent impérialistes
— et en ce moment leur nombre n'est pas grand —
en deux camps Ceux qui regrettent l'empire, parce
qu'ils ont tout perdu à sa chute : honneurs, posi-
tions, avenir; etceux qui, ne s'étant ralliés, en 1852,
à ce système que parce qu'ils voyaient un intérêt
d'ordre attaché à son triomphe, s'imaginent encore
— après le Mexique, après Rome, après l'Italie
unie et aussi l'Allemagne — que l'empire restauré
rendra au pays une tranquillité relative qui durera
bien au moins autant qu'eux. Calcul d'égoïste.

Les premiers sont connus. Ils font plus de bruit
que de besogne. On les compterait.Il n'y a pour cela
qu'à ouvrir certains annuaires. Ils ont de l'action,
de l'entrain, peu de réserve, encore moins de
conscience. Ils se soucient très peu du peuple ; ils
sont dans d'excellentes conditions pour faire des
coups d'Etat. Ils rongent leur frein, sans même
garder le silence et s'exclament sur les abomina-
tions qui se développent chaque jour dans les ate-
liers, à Belleville et à Pantin. Ils n'ont pas même
l'air de se douter que se sont eux et leur Empire
« libéral » (qui rendit de si détestables lois), qui ont
engendré le mal ! A ceux-là, nous ne disons rien.
Ils ont perdu une partie qu'ils veulent rega-
gner. Ce sont des matamores et des capitaines
Fracasse. Ils ont leur fortune à refaire ; ils rentrent

dans la catégorie des adversaires dont nous parlions tout à l'heure, qui ont un parti pris et avec lesquels il est fort inutile de discuter.

Les autres forment une petite armée composée d'anciens entrepreneurs de démolitions aux abois, ou d'industriels dont les usines ne vont plus, de solliciteurs éconduits, de magistrats et de fonctionnaires évincés qui se prennent souvent à regretter les bayonnettes qui protégeaient leurs biens sous l'Empire, mais qui ne surent pas, hélas ! nous protéger contre l'ennemi. De ce côté, les soldats sont tièdes. Tandis que les fanatiques et les ardents crient partout : Vive le peuple ! Vive Napoléon IV ! les honnêtes gens dont je parle s'en vont racontant tout bas des histoires terribles et finissent toujours par prononcer la fameuse phrase : « Ah ! les choses ne. se passaient pas ainsi sous l'Empire ! » Ils ont quelque honte d'être bonapartistes, et jamais, dans un cercle un peu nombreux, ils n'osent se dire tels. Là où légitimistes et républicains affirment leur foi, ils font les muets, les boudeurs, les frondeurs. Beaucoup sont tout simplement aigris, mais ne demanderaient pas mieux que de se rallier à ce qu'ils nomment un gouvernement fort.

C'est à ces derniers qu'il peut être utile de s'adresser. Ils savent bien qu'en criant : Vive le peuple ! et vive l'armée ! leurs chefs — côté des Cassagnac — font appel à deux forces qui ne leur appartiennent plus : le peuple, parce qu'il est dévoyé et que les doctrines mêmes de l'empire l'ont perverti ; l'armée, parce que celle-ci est, avant tout, en ce moment, l'esclave du devoir, et qu'elle sait bien ce qu'il lui en a coûté, en 1848 et en 1851, de s'être mêlée de ce qui ne la regardait pas.

Que ces hommes d'ordre, ces amis de la tranquillité et de la famille se disent donc bien ceci : c'est que l'empire ne saurait justement revenir, parce que le peuple n'en veut plus et qu'il n'y a pire adversaire que celui à qui on demande son avis, après lui avoir concédé le droit de le refuser. Certains rôles grisent. Le peuple est comme un enfant à cet égard. Grandissez un enfant, ayez l'air de lui laisser soupçonner sa force, vous n'en obtiendrez rien. Les femmes aussi, les êtres faibles, en général, sont implacables sous ce rapport.

Vous dites au peuple qu'il est le maître et vous croyez qu'il voudra de vous, et qu'il vous gardera surtout après vous avoir restauré ?... Vous ne me semblez pas avoir une idée juste des imperfections humaines.

C'est Voltaire qui a dit que le peuple était fait pour manger du foin, — c'est même peut-être pour cela que le peuple trompé l'aime autant ; — sans aller jusque-là, gardez-vous de lui donner la clef de l'armoire aux gâteaux.

Je sais bien que vous allez me dire qu'une fois aux affaires, vous sauriez bien le museler ce brave peuple ?

Alors vous n'êtes pas francs, vous n'êtes plus honnêtes, vous êtes des hommes de mauvaise foi, vous sortez de votre rôle de braves gens voulant réellement le bien du pays...

Le grand but à atteindre est de faire en même temps le bien du peuple et celui du pays.

La Monarchie y pourvoira, mais la Monarchie seule, parce que si, d'une main, elle donne la liberté, de l'autre elle tient le pacte fondamental que personne, — jamais — à moins d'être un révolutionnaire, ne peut violer.

Vos amis les tapageurs, les peu estimés, les sabreurs, Messieurs les impérialistes, sont encore pour vous un obstacle. On ne les honore pas. On les a vus à l'œuvre et l'on a vu que leurs œuvres ne duraient pas. Ils n'inspirent pas confiance. On se souvient de leurs exploits. Ils ont été, avouez-le, de pitoyables agents gouvernementaux. Ils ne se souciaient guère que d'une chose : vivre aux dépens du pays. Tous, ou presque tous, endettés la veille du 2 décembre, se trouvaient florissants la veille de Sedan. Il y a dans votre parti des noms qu'il est bien inutile de prononcer et auxquels manque assurément l'auréole morale. Vous me direz que le bilan de nos républicains d'aujourd'hui fournirait la même preuve. Soit ; mais tous les hommes d'Etat de la Restauration sortirent pauvres.

Je crois donc fermement que ces demeurants de la société du 10 décembre font tache au tableau et nuisent au jeune prince que vous voulez restaurer, ô graves impérialistes qui n'aspirez au retour de l'empire que parce que vous croyez, de très-bonne foi peut-être, que ce système nous ramènera l'ordre au dedans et le prestige au dehors ! En effet, depuis le coup d'Etat (c'est-à-dire depuis le jour où ils ne craignirent pas de porter les mains sur des hommes que la loi et leur caractère protégeaient, — donnant ainsi un déplorable exemple aux agitateurs de l'avenir —) jusqu'au 4 septembre (c'est-à-dire jusqu'au jour où ils recueillirent le fruit de leur politique insensée en Italie, en Allemagne), ils ont toujours joué de malheur. Nul plus qu'eux n'a fait de mal à l'Eglise et à la Papauté. La France catholique ne l'oublie pas. A quels titres reviendraient-ils au pouvoir, alors qu'il ne leur reste qu'un homme en ce moment, M. Rouher, celui-là même qui, après avoir présidé, en vrai démocrate qu'il était alors, le club rouge de Riom, en 1848, a mené successivement la France — devenu ministre de l'empire — au Mexique, en Crimée, à Rome, à Berlin... Je me trompe, hélas ! il ne l'a pas menée à Berlin !...

Nous dirons donc aux bonapartistes de bonne foi, qui sont bien décidés à quitter la République, en haine de la révolution : « N'allez pas là, vous retomberiez dans la révolution ! » Le prince rouge seul serait capable de profiter de la chose. C'est lui qui s'entendrait encore le mieux, croyez-nous, à reconstituer un Empire « libéral » et il a l'avantage de ressembler au grand empereur. Il a de plus des sacripants autour de lui qui ne demanderaient pas mieux que de faire, eux aussi, leur appel au peuple—et de le faire réussir...

Conçoit-on d'ailleurs les légitimistes et les orléanistes se ralliant à l'Empire ? non, n'est-ce pas ? Et il est incontestable que si, dans le parti de l'ordre, on veut être juste et faire quelque chose de rationnel, il faut, si l'on abandonne l'ornière révolutionnaire, prendre la grande et large route de la contre-révolution. Après tout, c'est la Monarchie légitime qui a été la première lésée. Les impérialistes de 1825 qui, sous la Restauration, se sont unis aux libéraux pour renverser un trône dix fois séculaire, savent trop bien que ce fut une faute immense ; et la plupart de ces mêmes libéraux qui ont concouru à la révolution de Juillet et qui existent encore, le regrettent fort aujourd'hui. Assurément, si c'était à recommencer, ils ne joueraient plus le même jeu. Si l'on veut réellement porter un coup sérieux à la révolution—notre ennemi à tous, —ce n'est pas par la restauration de ceux qui ont jadis sapé un trône qu'il fant commencer, c'est par la restauration de ce trône.

Le beau temple d'autorité a été renversé, en 1830, par les bonapartistes unis aux hommes qu'on a depuis nommés les orléanistes ; c'est lui qu'il s'agit de rétablir,—et l'on voudrait,au lieu de se jeter dans les bras du spolié d'alors, se livrer à l'un des spoliateurs ?...

Ce serait insensé !

C'est impossible !

Les républicains, d'ailleurs, se rallieraient encore beaucoup plutôt à la Royauté qu'à l'Empire ou à la quasi-monarchie. On peut être républicain, on reste Français. La Monarchie nous a donné la Lorraine et l'Alsace ; l'Empire nous les a fait perdre.

Jouons cartes sur table.

Que demain, par suite d'un changement à vue dont la réalisation n'est même pas dans les probabilités humaines et que nous n'invoquons que comme exemple, tous les hommes ayant été en place sous l'Empire — eux,leurs fils, leurs pères,leurs frères — disparaissent, que resterait-il en France en fait de bonapartistes ?

La question peut paraître insidieuse, elle n'est que juste.

Ce parti n'a pas de racines ou du moins il n'en a plus dans le peuple. Pendant un temps il en a eu grâce à la légende impériale. Mais aujourd'hui c'est fini, bien fini — et ce n'est plus l'enthousiasme, l'idée de gloire ou la vanité chauvine qui créent des impérialistes, ce sont les intérêts.

Ces intérêts seraient placés en bien mauvaises mains, si l'Empire revenait. Si nous changeons ce que nous avons, faisons au moins quelque chose de stable !

Un troisième empire, ayant contre lui tous les orléanistes, tous les républicains, tous les légitimistes, ne serait pas stable. Il mitraillerait, il déporterait encore, il assurerait peut-être un moment, dans la rue, cet ordre qui régnait aussi à Varsovie en 1831 ; mais les haines qu'il engendrerait, les antipathies qu'il soulèverait, les atteintes qu'il porterait à la liberté vraie, les comptez-vous pour rien ?...

Et puis, il nous faut des alliés en Europe, si nous voulons ne pas revoir les Allemands, et le nom de Bonaparte, objet d'horreur, légitime ou non, pour la Russie, l'Autriche, l'Europe enfin, — ne nous en donnerait pas.

C'est donc un devoir pour les honnêtes gens qui ne tiennent à l'Empire que pour les raisons que j'ai dites, de s'unir, le jour où il en sera temps, aux royalistes. C'est ce qui arrivera certainement au moment nécessaire. Ils se diront que leur patriotisme ne saurait hésiter entre une monarchie durable et un régime passager ou précaire. Plusieurs d'entre eux, nous le savons, veulent surtout « un bras de fer » et l'accepteraient de quelque côté qu'il vînt. Ils ne tiennent pas plus que cela à l'Empire et ne se cachent pas pour le dire. C'est de leur côté qu'on entend le plus souvent la fameuse phrase : « Ah ! si nous étions sûrs qu'il eût la main assez forte, nous accepterions Henri V... »

Il l'aura, mes chers contradicteurs ; il l'aura avec cet avantage sur votre prince qu'il parlera avec l'autorité incontestable que lui donnera son droit ; il n'aura pas besoin de déporter en masse des gens parmi lesquels il se trouve toujours un grand nombre de coupables, mais où il y a ausssi beaucoup d'égarés, — égarés par qui, hélas ! par les doctrines à demi-*socialistes*, qu'encouragea l'Empire et que la Royauté viendra détruire. Il vous l'a dit ; lui seul peut remettre chaque chose à sa place ; il est le glaive et encore le pardon, il « a mission et autorité pour cela. »

Ah ! vous ne savez pas quel grand Roi vous aurez ! Tout se fera comme par enchantement. On se regardera et ce sera à qui criera le plus fort : Vive le Roi !

Ne riez pas, vous le verrez bien.

VI

Venons aux orléanistes.

Nous l'avons dit bien des fois, leur nombre diminue tous les jours et ce ne sont certes pas les bruits de conspiration qui reviennent périodiquement et qui sont tout simplement injurieux pour le prince qui en est l'objet, qui aideront beaucoup à l'augmenter.

Les orléanistes, comme les bonapartistes, se divisent en deux camps. Ceux qui suivent le drapeau révolutionnaire et ceux qui, revenus évidemment de leurs illusions de 1830, se complaisent à marcher dans les voies de M. le comte de Paris et sont devenus en quelque sorte légitimistes, puisqu'ils tiennent pour bien dite la grave parole du 5 août.

Nous n'essaierons même pas de discuter avec les premiers. Ils sont dix fois coupables. Ils ont suivi la piteuse fortune et la ligne de conduite plus piteuse encore de M. Casimir Périer. Ils ont pour chef de file M. Thiers et pour lieutenant-général M. d'Audiffret-Pasquier. Ils ont toujours mieux aimé aller à gauche qu'à droite. Ils sont vaniteux, tenaces et font aujourd'hui la cour à M. Jules Simon, voire même et M. Gambetta, qu'ils espèrent ramener.

Qu'on se rappelle le mal qu'ils ont fait en empêchant la Monarchie de se reconstituer une première fois, en 1871, à Bordeaux, ensuite au 24 mai, —plus tard encore, à Salzbourg ! Ce sont eux qui ont

toujours mis le plus d'obstacle à ce qu'on nommait
la fusion. Ils l'ont combattue, empêchée de se faire
à temps ; ils se sont ingéniés, dans un faux intérêt
de libéralisme, à toujours mettre des bâtons dans
les roues ; ils ont voulu d'un roi qui n'aurait fait
que régner sans gouverner ; ils ont toujours placé
leurs mesquines personnalités avant l'intérêt bien
entendu de la France. Nous savons que nous ne par-
viendrons pas à les convaincre ; mais nous savons
aussi que le pays n'a pour eux ni sympathie ni estime.

Auraient-ils la conscience du mal qu'ils ont fait
à la France ? Nous devons le croire. Seulement leur
vanité et leur orgueil s'accommodent mal d'un *meâ
culpâ* que personne ne leur demande et qu'ils ne
veulent pas faire justement parce que c'est leur
propre conscience qui le leur impose.

Ces orléanistes-là forment ce qu'on appelle le
centre gauche. On voit où ils en sont. Ils sont tom-
bés de M. Dufaure en M. Christophe et en M. Tur-
quet. Les voilà qui votent maintenant avec la gauche et quelquefois avec l'extrême gauche. Ce sont
de pauvres politiques—tout habiles soient-ils—et
de plus petits cœurs encore. L'amour de leur per-
sonnalité domine tout. Ils rêvent je ne sais quel
parlementarisme bâtard qui leur permettrait de faire
du roi qui se confierait à eux un soliveau. Ils sont
désavoués par leurs princes. Ils n'ont plus même
le mérite d'être fidèles à l'infortune, ils sont *passés*
républicains !

Combien sont-ils ? on l'ignore. Ce sont eux qui,
dans ces derniers temps, ont eu la belle idée de faire
nommer, à l'expiration du septennat — ou avant —
M. le duc d'Aumale président à vie d'un gouvernement innommé. Comme ils sont tous plus âgés que

lui, ils espèrent encore de bonnes années de pouvoir pendant le reste de leur vie. Tout leur beau calcul consiste ainsi à attendre la mort de M. le comte de Chambord, — calcul honnête ; ils ne s'en cachent pas. Ils trouvent ce dernier gênant, parce que ce dernier n'a jamais voulu être leur dupe, ayant mission de reconstituer la France et nullement de la livrer aux empiriques et aux bavards.

M. le duc d'Aumale — hâtons-nous de le dire — n'a jamais, que nous sachions, donné les mains à ce manége. A ce propos, il est bon de dire qu'on prête à ce prince un rôle qu'il n'a peut-être pas dans la famille d'Orléans. On prétend, on insinue qu'il est le maître, qu'il est le conseiller écouté de ses frères et de ses neveux ; qu'il a blâmé dans le temps la démarche de M. le comte de Paris ; qu'il ne ratifie pas du tout les paroles de Frohsdorff...

Il aurait bien tort. Mais, malgré lui, il serait engagé. S'il avait immédiatement protesté, rien de mieux, bien que c'eût été très-mal. Mais il n'a rien dit ; et comme M. le comte de Paris, se jetant dans les bras de M. le comte de Chambord, est venu lui déclarer qu'il saluait en lui « *au nom de toute sa famille*, le seul représentant du principe monarchique en France » son honneur de prince, à lui duc d'Aumale, aurait certainement à souffrir, s'il laissait maintenant supposer qu'il y a, sous ce rapport, dans son esprit, la moindre réticence.

Mais il n'y en a pas. Nous défions qui que ce soit de nous citer un acte, une parole du prince, qui puissent lui être opposés sur ce point. On a bien dit qu'il avait été à l'encontre des sentiments du chef de sa race, lorsqu'un jour, à la Chambre, il avait parlé

de certain drapeau « chéri ». Eh bien ! on se trompe
si l'on croit qu'il y a eu là intention blessante pour
M. le comte de Chambord. M. le comte de Chambord
ne parle qu'avec respect du drapeau aux trois couleurs, *tant qu'on n'en fait pas un drapeau de révolution.* Il a dit que s'il rentrait en France il salue-
rait avec bonheur le glorieux drapeau de nos vic-
toires passées. Lorsqu'il déclare qu'il n'en veut pas,
royalement parlant, c'est qu'il sait bien que ceux
qui veulent le lui imposer ne le font que dans un
but révolutionnaire. Nous reviendrons sur ce point
quand nous parlerons du drapeau. Le Roi n'a pu
trouver mauvais que M. le duc d'Aumale parlât, en
soldat, de son drapeau. Il y a des nuances qu'il faut
savoir saisir. Malheur à ceux qui ne les comprennent
pas et ne voient ainsi partout que matière à division !

Ce qui est certain, c'est que tout le gros de l'ancien parti orléaniste est aujourd'hui avec M. le comte
de Paris et nullement avec M. Thiers. Les hommes
du centre droit qui le composent ont commis une
grande faute, le 25 février, en proclamant la République, et ils le reconnaissent ; ils en avaient fait
une plus grande encore, en 1873, en ne proclamant
pas la Monarchie, et doivent également le reconnaître
aujourd'hui. Il est encore temps de tout réparer.

Il est incontestable — ceci soit dit sans les blesser
— que le courage leur a manqué au 24 mai. C'était
ce jour-là, et sans consulter personne, que la
Chambre dont ils formaient, avec les royalistes, la
majorité, devait rendre la couronne à l'héritier du
trône. Que de maux épargnés depuis et quelles
phases douloureuses en moins pour notre pays et
pour la dignité de la France, s'il en avait été ainsi !...

La majorité du 24 mai, c'était la majorité monarchique. Le Maréchal le savait bien. On n'a pas voulu aller si vite parce que les hommes du centre gauche dont je parlais tout-à-l'heure ont tenu à formuler un programme et à imposer des conditions. Les journaux s'en sont mêlés. Tout a été compromis. Voyez-vous des pompiers qui, suffisamment nombreux pour éteindre un incendie, ne commencent pas par jeter de l'eau sur le feu, discutent, et laissent finalement les flammes s'emparer de tout le bâtiment ?...

A Salzbourg, même imprévoyance et surtout même absence de véritable patriotisme. On a devant soi l'homme le plus honnête du monde — dont on a besoin, qu'on appelle — et on lui demande des conditions !... En a-t-on demandé à Cavaignac en 1848 ? à Louis-Napoléon en 1850 ; à Mac-Mahon en 1872 ? Non. Ou plutôt si, on en avait demandé au prince Louis. Il avait même juré tout ce qu'on avait voulu, prenant Dieu et les hommes à témoin de sa ferme résolution de maintenir la République. A quoi cela a-t-il servi ? Cela l'a-t-il empêché de se parjurer et de sauter à pieds joints à travers son grand serment, tout en faisant sauter également les représentants du pays par les fenêtres ?...

Qu'en aurait-il coûté à M. le comte de Chambord de jouer le même jeu, de promettre, lui aussi, monts et merveilles et de ne rien tenir ? peu de chose, en vérité, — son honneur. Il a préféré parler franc ; il a voulu qu'on le traitât en roi. Il vous a seulement demandé d'avoir confiance en lui jusqu'au jour où il se trouverait en face des représentants de la France à Versailles et vous avez risqué votre salut, Messieurs les orléanistes, sur une simple question de forme !...

Où cela vous a-t-il conduits ?

N'eussiez-vous pas été libres de renverser le roi, une fois le trône rétabli, si le roi ne vous eût pas semblé assez « libéral ? »

Mais il l'eût été, et plus que vous,—vous le savez bien, — dans la grande et noble acception du mot.

Or, avouez — le moment est venu de dire à chacun ses vérités — avouez que ce n'était pas seulement la question constitutionnelle ou celle du drapeau qui nous divisaient ; ce que vous vouliez, ou du moins ce que voulaient ceux d'entre vous qui savaient très-bien qu'Henri V ne les eût pas pris pour ministres, c'était son abdication...

L'abdication ! un gros mot, n'est-ce pas, mais le mot vrai de la situation. Interrogez vos consciences, et aussi vos souvenirs, vous verrez si je dis vrai ?

Or, M. le comte de Chambord *qui ne veut ni ne peut abdiquer*, parce qu'il a le sentiment de ses devoirs autant que celui de ses droits, n'a pas cru devoir céder devant une prétention qui, avouez-le, était excessive.

Quelle réponse à faire à ceux qui s'en vont répandant partout le sot bruit que le Roi « ne veut pas régner ! » Le Roi, Messieurs, n'envisage pas les choses au même point de vue que vous. Il est comme la sentinelle à qui l'on a confié un poste à garder et qui le garde. Le métier de Roi est-il donc aujourd'hui si enviable ? assurément non. Mais c'est Dieu qui l'a fait naître, certainement, pour régénérer un jour la France ; il le sa.t, il le croit — et il attend son heure.

Où iraient donc, maintenant, les orléanistes s'ils ne venaient pas à nous ? A l'Empire, mais ils détestent encore bien plus que nous, s'il est possible, le régime impérial qui a de plus à leurs yeux le grand tort de s'être substitué, après 48, à leur propre régime. A la République? Ah ! certes, quelques-uns ont pu en avoir l'idée, il y a quelques mois encore, dans l'espoir de la dominer et de la diriger. Mais aujourd'hui, en face de ce qui se passe, après l'expérience des dernières années, est-ce bien possible et peut-on l'admettre?... Non, certes, et ils le voient bien et ils le sentent bien, les vrais orléanistes, ceux qui ont quelque attachement pour leurs princes et qui veulent aussi le bien du pays !

Aussi les uns nous viendront et nous viennent chaque jour parce que leurs meilleurs sentiments parlent ; et les autres nous arriveront parce qu'ils se diront, un jour ou l'autre, qu'il est temps de finir par où l'on aurait dû commencer.

Je les vois, je les interroge. M. de Broglie est découragé, M. Buffet l'est plus encore. Le général Chabaud-Latour reconnaît l'impossibilité de la lutte. M. Lambert Sainte-Croix veut résister encore... mais la place va se rendre et volontiers le Roi, comme son aïeul Henri IV, ferait entrer des vivres dans la place, pour que les assiégés n'aient pas trop à souffrir.

Il est si bon, si grand, si loyal, si chevaleresque, ce prince qui a nom Henri V ; il a tant d'esprit et de cœur, tant d'amour de son pays aussi, qu'il faudra bien, tôt ou tard, que tout le monde lui rende justice ! Que ne peut-il se montrer à la France entière !

Comme elle l'aimerait !...

VII.

Ma dernière phrase m'oblige à parler enfin de M. le comte de Chambord, de ses vertus, de ses aptitudes, de sa rare intelligence, de son cœur qui est assez grand pour nous enserrer tous, je le répète.

Noble prince ! qu'on méconnaît ou plutôt qu'on veût juger sans le connaître, mais que tout le monde respecte, estime—et qui n'a eu qu'une chose à faire, en vérité, depuis qu'il a l'âge d'homme, pour mériter tant d'hommages : son devoir.

J'ouvre le *Constitutionnel* du 17 février 1877, — un journal d'hier et de nuance au moins peu favorable.— J'y lis ceci, en tête d'un article consacré à la Restauration, possible ou non, de la Monarchie légitime en France :

« Nous savons quel homme est M. le comte de
» Chambord. Son esprit est ouvert à toutes les
» impressions modernes. La badauderie universelle
» se le représente comme un être momifié dans les
» pensées d'un autre âge. On le voit en contemplation
» devant saint Louis. On ne lui prête d'autre en-
» tourage que des soutanes. Le portrait est de fan-
» taisie, s'il faut dire portrait et non caricature. M.
» le comte de Chambord ne ressemble à aucun de
» ses ancêtres, mieux qu'à Henri IV.

» Il a de la vivacité d'esprit et beaucoup ; nous
» dirions même de la gaîté. S'il était un sim-

» ple particulier, on l'appellerait un homme char-
» mant et séduisant ; notre plume résiste à ce
» mot. Dans la haute et douloureuse fortune
» que la cruauté persistante des événements lui a
» faite, il y aurait une sorte d'impiété à parler de
» M. le comte de Chambord autrement que sur le
» ton du respect le plus pénétré. IL EST TOUTE NOTRE
» HISTOIRE ET TOUTE NOTRE VIEILLE FRANCE. Les plus
» grands écrivains du siècle ont salué sa venue au
» jour. Une telle figure n'admet pas les licences
» d'un croquis familier, fût-il sympathique. »

Quel magnifique hommage et quel hommage
mérité—pour ceux qui ont eu l'honneur d'approcher
M. le comte de Chambord — rendu par un adversaire, ou tout au moins un indifférent, à l'incarna-
tion même de la Monarchie française, en ce temps !
Quel autre parti aurait un pareil homme à offrir ?
Quelle figure plus admirée en France et dans le
monde entier que cette rare figure de Roi qui n'a
jamais voulu conspirer, même une heure, contre le
repos de son pays !

Ah ! comme il est bien vengé de ceux qui lui
ont dit, à certaines heures, « qu'il n'avait pas été
de l'avant !»

De l'avant ! Encore faut-il savoir où l'on va quand
on marche ainsi!... Un aventurier, un capitaine
heureux, un faux roi, vont de l'avant ; mais on ne
voit que trop tôt où ils vont,—où ils arrivent surtout !... Henri V veut arriver au port et il ne relève, pour choisir son heure, que de sa conscience
et encore de Dieu,— deux juges. Lui en voudriez-
vous aussi de savoir attendre l'heure du pays ?...

Ici, se présentent, en foule, toutes les objections
qu'on fait à son retour.

Examinons-les.

« Il nous faut brûler ce que nous avons adoré et renier ce que nous avons aimé, — disent les uns ; reconnaître que nous nous sommes trompés,—disent les autres ; nous exposer à voir la France reculer au-delà de 89,— murmurent enfin les moins sûrs d'eux-mêmes. »

Mais pas du tout.

Vous n'auriez rien à renier de ce que vous avez aimé et si vous avez aimé, notammeut, la liberté, vous l'adorerez encore, Français volages qui vous êtes contentés de son ombre depuis tant d'années déjà ! Il n'y aura pas le moindre auto-dafé, soyez-en surs.

Par exemple vous devrez reconnaître que vous avez pu vous tromper, c'est vrai. Mais rien n'honore plus les gens de bonne foi que de savoir dire à temps : J'ai eu tort. Qui donc n'a pas eu tort au moins une fois dans sa vie ? Vous aurez eu tort plusieurs fois, voilà tout.

Quant à faire reculer la France « au-delà de 89 », voyons, mes amis, prenez une glace et regardez bien si vous pouvez dire cela sans rire ? Henri V va rétablir la dîme, n'est-ce pas ? les corvées, les droits féodaux ; cela se dit, cela se colporte ?... Outrage à votre bons sens !... Le Roi ne rétablira pas « la dîme », par la raison bien simple qu'elle constitue aujourd'hui « l'mpôt » et que vous la payez, très-lourdement même, au percepteur ; il ne rétablira pas « les corvées », par la raison tout aussi simple que vous les faites aujourd'hui encore sous le nom de « prestations » et que vous payez même en plus je ne sais combien de centimes additionnels qu'on ne payait pas sous l'ancienne monarchie ; et s'il voulait rétablir les droits féodaux, il aurait certainement

contre lui tous les fils de ces nobles qui ont, eux-
mêmes, sacrifiés leurs droits dans la fameuse nuit
du 4 août !... Parlez donc aux conducteurs de che-
mins de fer de redevenir conducteurs de pataches ?
Chaque chose a son temps. Nous n'avons pas à défendre ou à justifier le passé. Il a eu sa raison
d'être. Il avait, comme toute chose en ce monde,
ses bons et ses mauvais côtés. Ce qui est certain,
c'est qu'en 1789, Louis XVI, qui était le mieux in-
tentionné des rois, a voulu garder du passé tout
ce qu'il avait de bon et repousser le mauvais, et
que des méchants hommes, abusant de la bonne
volonté de ceux qui ne l'étaient pas, firent dégé-
nérer en atroce et sanguinaire révolution ce qui
n'était, dans la pensée de tous les honnêtes gens,
qu'un ensemble de réformes à opérer.

De là le mal, — ce mal affreux dont nous souf-
frons toujours et dont nous mourons même.

M. le comte de Chambord le sait, et si vous avez
lu ses manifestes vous n'ignorez pas non plus que
ses intentions, ses projets, ses desseins sont à jour.

Or, comme vous savez de plus *qu'il ne ment pas,*
vous devez être rassurés.

« Il n'en est pas moins vrai que M. le comte de
Chambord nous demande un blanc-seing », s'é-
crient encore le chœur des opposants.

Nullement.

M. le comte de Chambord ne demande pas un
blanc-seing. Il veut qu'on le compte, lui, le Roi,
pour quelque chose. Autrement, il n'est rien que le
premier venu et n'est pas plus apte que le premier
venu à régénérer la France.

« Je ne suis rien qu'un principe », a-t-il dit.

On le rappelle, c'est donc qu'on a besoin de lui ?
Encore faut-il qu'il ait voix au chapitre...

La Monarchie, qu'il veut restaurer, repose, en effet,
sur un principe écrit à toutes les pages si glo-
rieusement remplies de notre histoire nationale ; et
son gouvernement sera la mise en pratique des
forces vives de la France par l'action du Roi et le
contrôle de la nation. En France, nous sommes un
pays de représentation. Je l'ai dit déjà : *Lex fit
consensu populi et constitutione regis*. Il est possible que cela ne se soit pas fait toujours ; c'est
là qu'est le mal et ce que regrette comme nous,
certainement, M. le comte de Chambord. Mais il a
maintes fois déclaré que tel était son programme et
nous devons le croire.

Il a dit qu'il voulait le « suffrage universel honnêtement pratiqué et le contrôle de deux Chambres ». Il a répété qu'il saurait « donner des garanties aux libertés publiques » et qu'il était par-
tisan « de la décentralisation administrative et des
franchises locales. » Laissez-le donc libre de s'entendre, sur tous ces points, avec les représentants
du pays, et surtout investissez-le du droit de traiter
avec la nation, *en lui reconnaissant son titre de
Roi*. Sans quoi, il n'est rien, encore une fois, qu'un
simple particulier comme vous et moi et ne peut rien.

Ici un exemple bien vulgaire se présente à ma
pensée. En affaires, quand on traite d'une maison
ou d'un commerce, il faut, n'est-il pas vrai, que les
deux intéressés aient le même droit bien incontesté
de vendre ou d'acheter ? N'avez-vous pas remar-
qué, d'un autre côté, que rien ne se fait jamais de
bon lorsque des tiers veulent intervenir et que les
importuns arrivent ? Ils se mêlent des détails. On

allait s'entendre ; voici que tout est remis en question, parce qu'on a discuté sur des mots.

Le Roi est quelque chose, évidemment ; qu'on ne l'oublie donc pas et qu'on reconnaisse avant tout son droit. Surtout, pas de gêneurs qui viendraient pour avoir leur part du gâteau et qui empêcheraient, finalement, le peuple et le Roi de s'entendre.

« Il n'a pas su profiter des circonstances. En 1873, il pouvait revenir ; il ne l'a pas fait. Une occasion perdue ne se retrouve pas. »

Ainsi parle-t-on encore. D'abord les proverbes mentent quelquefois ; ils mentent si souvent que toujours ils trouvent dans le bon sens public une contre-partie. A ce dernier ne peut-on opposer cet autre : « Tout vient à point à qui sait attendre ? » Et puis, M. le comte de Chambord a-t-il réellement « manqué une occasion » ?... Une occasion de se déshonorer, oui, et de faire voir qu'il faisait passer son intérêt personnel avant celui du pays, peut-être encore. Mais peut-on le lui reprocher ?... Il a conscience du remède qu'il faut apporter à nos maux ; il veut appliquer celui-là et non un autre ; c'est un principe qu'il tient à restaurer, — et il aurait « manqué une occasion » parce qu'il n'aurait pas fait une chose qui lui semblait aller à l'encontre même de ce principe !... Mais songe-t-on bien à l'injustice de ce reproche ?... Un exemple encore. Un médecin est appelé en consultation par d'autres médecins plus ou moins habiles qui, de très-bonne foi, croient à la vertu de leurs juleps, mais sentent la nécessité de s'adjoindre le grand consultant. « Je vous préviens, dit celui-ci, que je vais saigner le malade, sans quoi je me sens impuissant à le gué-

rir. » — « Alors, nous ne voulons pas de vous »,
répondent les autres. » Direz-vous, lecteurs, que ce
médecin a manqué « une occasion »?...Une occasion
de gagner vingt francs, peut-être, mais aussi de
tuer son malade, certainement.

Hélas ! nous ne voulons pas admettre que nous
sommes malades, nous autres, en France, très-
malades. Voilà ce qui nous empêche de nous entendre. Beaucoup de gens croient que notre mal-
heureux pays, après toutes ces crises, peut être guéri
par des moyens ordinaires. Grave erreur ! Il ne suffit
plus pour cela qu'un homme paraisse ; c'est le principe qui reparaîtra avec l'homme qui sera le salut.
N'altérez pas le principe, imprudents, sans quoi le
salut ne viendra pas.

On nous dit alors, faisant une allusion détournée
au drapeau : «Mais Henri IV a bien abjuré et a dit
que Paris valait bien une messe ? Pourquoi M. le
comte de Chambord, lui aussi, ne fait-il pas un sacrifice ?... »

D'abord Henri IV n'a jamais dit cela. C'est Sully,
son ministre qui, pour le décider à l'abjuration, a
dit le mot. Mais quel rapport y a-t-il entre notre situation politique d'aujourd'hui et la situation reli-
gieuse de la France à la fin du XVIe siècle ? Encore
faudrait-il raisonner sur des choses qu'on connaît.
Henri IV, séparé de l'Eglise, est revenu à l'Eglise ;
et M. le comte de Chambord, qui jamais n'a varié
d'un pouce de la ligne droite, reste dans la ligne
droite. Il en pouvait d'autant moins coûter à Henri IV
d'abjurer le protestantisme qu'il savait devoir ainsi
pacifier le pays, tandis qu'aujourd'hui M. le comte
de Chambord ne pacifierait rien du tout, s'il donnait
les mains à la révolution. Il reconnaîtrait ainsi,

avant même d'être Roi, que la révolution, qui a renversé Charles X et tué Louis XVI, aurait parfaitement
le droit de le renverser, lui, — et même de
le faire monter sur l'échafaud — si un jour on ne
voulait plus de lui (1).

« M. le comte de Chambord n'est plus très-jeune.
Est-ce faire un acte de prudence que de s'en remettre
à lui du soin de nous sauver ?.. » allègue-t-on encore.

Mais il est dans la force de l'âge. Il a pour lui
la maturité, la réflexion, l'expérience. Il a l'âge à
peu près qu'avait Louis-Philippe en 1830 et Louis-
Napoléon en 1852. Vous n'avez pas reproché leur
âge à ces deux prétendus sauveurs. Auriez-vous
plus de confiance, — toute question de principe réser-
vée, — dans les vingt ans du fils de Napoléon III ?...

« Quoi qu'on fasse, en France, ajoute-t-on, il
faudra maintenant changer de gouvernement tous
les quinze ans ; à quoi bon restaurer Henri V, s'il
doit tomber comme les autres ?»

Voilà un argument désastreux qui nous livre
pieds et poings liés à la révolution, — à l'Allemagne
aussi.

Et ce sont des gens sérieux qui disent cela ! Mais
y songent-ils ? En répandant de pareils bruits, qui
deviennent en quelque sorte des axiomes, ils faus-
sent l'esprit du peuple et deviennent tout aussi coupables que ceux qui prêchent l'athéisme ou le
socialisme. Pour un mot d'esprit à faire, ils ne re-
culent pas devant une énormité à propager. S'il en
est ainsi, retournons dans les bois. Quel intérêt

---

(1) Quelques personnes croient que ce n'était pas
le drapeau tricolore qui flottait sur l'échafaud de
Louis XVI. C'est une grave erreur.

avons-nous à défendre et à aimer un pays qui, toujours, sera la proie du plus avide ou du plus habile ? Plus de patriotisme, plus de respect, plus de foi en rien ! Demain M. Gambetta, après demain un autre Bonaparte, dans quinze ans M. de Rochefort; — et les Prussiens, à quand ?..

On ne répond pas à de pareils arguments, on les déplore. C'est justement parce que nous autres, patriotes royalistes, ne voulons plus de tous ces changements et de tous ces bouleversements — qui nous ont valu révolutions sur révolutions, plusieurs invasions et la perte de tout respect, — que nous demandons à la France le retour au principe que personnifie Henri V...

« Mais il ne tiendrait pas une heure avec le vote universel ! » — nous dit-on encore.

Autre erreur.

Il n'y a que lui, au contraire, qui puisse tenir avec le vote universel. Pourquoi ? parce que la Monarchie renferme le suffrage universel dans sa sphère naturelle en en faisant un instrument de contrôle et non de souveraineté. M. le comte de Chambord considère le droit permanent de l'hérédité monarchique comme supérieur aux manifestations du suffrage universel ; mais il regarde ce suffrage, environné des garanties qui doivent assurer la représentation sincère et complète des intérêts divers de notre société, comme l'expression légitime de la volonté nationale appelée à contrôler les actes du souverain — et non pas à renverser le souverain.

Le suffrage universel, tel qu'il est pratiqué, n'est que la mise en œuvre d'un système inacceptable. Ce ne sont plus des intérêts qui sont ainsi représentés, ce sont des passions. On ne saurait voir quelque chose de plus illogique et de moins intelligent. « Honnêtement pratiqué » il donnera des résultats bien différents. Se figure-t-on qu'en France le vote de tous, pour la représentation des intérêts, n'existait pas avant la révolution ? Quelle erreur !

« Et l'expédition de Rome qu'Henri V tenterait immédiatement pour rétablir le Pape dans son pouvoir temporel, ne la redoutez-vous pas ? » s'écrie-t-on à bout de voies.

Autre argument bien facile à réfuter celui-là.

Si le Roi de France était en état de déclarer la guerre à l'Italie et de rétablir le Pape dans ses droits temporels, au nom des intérêts catholiques outragés et en exécution des traités de 1815 qui garantissaient une Italie morcelée et une Allemagne confédérée, c'est-à-dire impuissante, — traités au bas desquels la France a mis sa signature et qu'on a si injustement reprochés à la Monarchie, — c'est que la France aurait retrouvé dans le monde son rang, son prestige et sa force, c'est qu'elle serait redevenue la France du temps de Frédéric, sans laquelle « il ne devait pas se tirer un coup de canon en Europe... »

Qui donc alors se plaindrait ?

VIII.

« Mais le drapeau ? ah ! le drapeau, qu'allez-vous dire pour expliquer l'aveuglement, l'entêtement de M. le comte de Chambord qui n'avait qu'à prendre, en 1873, le drapeau tricolore par la hampe et qui, rentrant ainsi en France, eût été acclamé par les mille voix de la nation ?... »

Ainsi parlent encore nos contradicteurs.

D'abord, les choses ne se seraient peut-être pas passées aussi facilement que cela. Moralement, si M. le comte de Chambord, après ses déclarations formelles, avait accepté, *comme condition*, le drapeau tricolore, il eût été amoindri ; et comme ceux qui lui ont tendu ce qu'on a nommé avec tant de raison le piége du drapeau, — sachant trop bien qu'un prince de ce caractère n'accepterait jamais la couronne au prix d'une félonie — voulaient, comme nous l'avons dit plus haut, son *abdication*, on eût trouvé à l'étape d'après Salzbourg, un autre obstacle à lui opposer, une autre condition à lui faire, et il fût resté seul sur la terre étrangère, avec une concession en plus — inutile tout au moins — et son honneur entaché.

C'était peut-être là ce qu'on voulait ; mais ce n'était pas là ce qu'il voulait, lui.

Sa loyauté a trompé la finesse d'hommes plus

madrés assurément, mais moins francs que lui et
surtout moins Français. On saura tout cela un jour.
Malheureusement, pour les masses, M. le comte de
Chambord n'a pas voulu accepter le drapeau tricolore ; il a, pour cela, perdu la partie ; c'est un
maladroit ; c'est un insensé — et il n'aime pas certainement son pays puisqu'il n'a pas su lui faire le
sacrifice d'un lambeau d'étoffe ?... tout cela s'est
dit, s'est imprimé ; j'ai promis de répondre à tout,
il faut bien que je ne laisse rien sous le boisseau.

Voyez pourtant comme les choses se passaient
différemment si, reçu en Roi, à Versailles, avec
son drapeau, M. le comte de Chambord, tout en sa-
luant les trois couleurs, eût demandé aux représentants du pays lequel des deux oriflammes ils voulaient qu'il prît !... Aurait-il fait cela ? je ne sais ;
mais on peut le supposer. Personne alors n'avait à
souffrir ni dans sa dignité, ni dans son amour-propre.
Si c'était le drapeau blanc qui était acclamé — et
c'est une question de savoir si, le long de la route,
les mouchoirs blancs ne se seraient pas montrés aux
fenêtres plus nombreux que les autres, — les choses
allaient toutes seules. Si, au contraire, c'était le
drapeau tricolore, le Roi pouvait faire flotter son
oriflamme à lui sur les Tuileries et laisser à l'armée
le drapeau tricolore. Le pays avait reconnu son Roi,
le pays demandait un sacrifice à ce Roi, le Roi pouvait
l'accorder ; d'ailleurs le drapeau tricolore n'était plus le
drapeau de la révolution *imposé* au Roi, puisque le
Roi, le drapeau blanc à la main, avait été mis à même
de saisir l'autre et de confondre leurs plis sur sa
poitrine !... Qu'il ne lui en eut pas coûté ? je n'ose
le dire. Mais quels sacrifices un roi Bourbor, reconnu

comme tel par le pays, ne pouvait-il pas faire ?...
N'avait-il pas déclaré d'ailleurs « qu'il se faisait
fort, (sur cette question du drapeau), de trouver
une solution compatible avec son honneur et sa dignité ?...» On n'a pas voulu le mettre à même de la pré-
senter, cette solution. Pourquoi avoir ainsi douté de
lui ? Est-ce qu'il n'était pas toujours temps, à Versailles,
de le renverser, encore une fois, si on l'avait vu
s'obstiner, malgré vent et marée, à garder son drapeau non acclamé, à vouloir rétablir la dîme, les
corvées et les droits féodaux ?...

Soyons sérieux. Cette question du drapeau a été
une arme de guerre dont se sont servis contre la restauration royale *tous ceux qui n'en voulaient pas.*
Quelques-uns ont gémi, assurément, parmi les royalistes, des résultats de l'affaire ; mais tous, en in-
terrogeant leur cœur, n'ont pu faire autrement que
se dire : « Il a bien fait !... »

Fera-t-il encore de même ?

Vous m'en demandez plus que je n'en sais. Je
crois en lui comme je crois à l'honneur. Je crois
qu'il *veut*, qu'il doit régner. La Providence fera le
reste.

« Mais tout cela n'empêche pas que le parti légitimiste ne soit fort impopulaire ; qu'il n'ait pas
d'hommes et que si, pas impossible, il triomphait,
M. le comte de Chambord ne fût obligé de prendre
des conseillers à idées rétrogrades et de s'entourer
de comtes et de marquis... »

Voilà encore ce qu'on dit.

Commençons par le premier argument.

« Les légitimistes sont impopulaires !... » et les

bonapartistes donc ?... Je ne sais si certains orléanistes ou certains républicains ont plus ou moins de popularité que les royalistes, mais ce que je sais, c'est qu'il suffit aujourd'hui de bien peu de chose pour perdre une popularité qui, hélas ! s'acquiert trop vite pour être durable ! Le clergé aussi est impopulaire. Tout ce qui est honnête et droit est *impopulaire*. Ce mot, par lui-même, que signifie-t-il ?... Rochefort est *populaire*, lui !... Ayez des principes, faites votre devoir, pratiquez votre religion, soyez simplement riche et ne vous laissez pas piller, vous êtes impopulaire. Ainsi le veut l'esprit français, absolument dévoyé de notre temps. C'est justement tout cela qu'il faut changer.

« Le parti légitimiste n'a pas d'hommes... » Et les autres donc ? Nos révolutions successives ont établi un niveau fatal qui partout, hormis dans la science peut-être, empêche aujourd'hui personne de sortir hors du page. Tout le monde ne se vaut-il pas ?.. Qui donc, en ce moment, reconnaît une supériorité ?.. Mais est-ce au parti légitimiste qu'il faut surtout jeter la pierre ? S'il y a des jeunes gens studieux, rangés, amis de l'ordre, réussissant dans les concours, tenant brillamment leur place dans les sociétés académiques, respectant la religion, la famille, il me semble que c'est surtout dans le parti royaliste — qui sait aussi faire ses preuves les jours de bataille. C'est si vrai que beaucoup de fils de « libéraux » de 1825 et de bonapartistes de 1852 font élever leurs enfants aujourd'hui dans les maisons d'éducation qui passaient jadis pour être ce qu'on nomme encore si finement « des jésuitières ». Il nous semble, d'un autre côté, que dans nos dernières Assemblées représentatives les royalistes n'ont pas fait trop mauvaise figure ? La Restauration, d'ailleurs, — qui venait après vingt années de révolution et de compression, sans parler des guerres insensées de Napoléon I⁰ʳ qui avaient aussi ruiné le pays en hommes, — ne vit-elle pas surgir des serviteurs dont beaucoup n'étaient « ni comtes ni marquis » et qui cependant l'illustrèrent ? Nommer les Lainé, les Ravez, les de Villèle, les de Serres, — après les Chateaubriand et les Royer-Collard, — n'est-ce pas rappeler de grandes mémoires ?... Pareil fait se reproduirait si Henri V revenait. Quel homme de bonne foi ne reconnaîtrait au moins que le mérite de nos républicains hommes d'Etat actuels serait toujours bien égalé ?...

D'un autre côté, est-ce qu'il n'y a pas dans presque toutes nos villes, un certain nombre d'hommes estimés, respectés, se tenant en quelque sorte en dehors des intrigues et jouissant d'une grande considération à défaut de cette popularité malsaine dont nous parlions tout-à-l'heure ? Ce sont des légitimistes et ils ont, pour la plupart, de la valeur. Ils ont refusé avec dignité places et honneurs sous l'Empire ; ils se sont tenus sur la réserve ; ils ont gardé la plus complète indépendance ; on dit d'eux quelquefois — ceux qui regrettent de ne pas les voir plus activement mêlés à la vie publique : — « Quel malheur qu'ils soient légitimistes !... »

Un malheur, vive Dieu ! que non pas ?... Un honneur, vous voulez dire ? — et si nous comprenions tous de même le dévouement au pays, l'abnégation, l'attachement aux grands principes sociaux, nous serions bien vite d'accord pour reconnaître que ceux qui ont su ainsi se tenir dans l'ombre et ne sortir de leur obscurité que pour affronter des luttes électorales où ils étaient certains d'avance d'être battus — leur drapeau à la main — feraient d'excellents serviteurs du Pays et du Roi, le jour où le pays et le Roi auraient besoin d'eux. N'est-ce pas à eux qu'on a toujours pensé les jours de révolution et n'ont-ils pas seuls, à peu près partout, soutenu la lutte électorale en 1871, alors que personne — personne — n'osait même dans le parti bonapartiste se dire tel ?

Le Roi, croyez-moi, ne s'entourerait pas ainsi d'hommes « à idées rétrogrades », car personne ne comprend mieux les idées de liberté que les légitimistes.

Quant aux « comtes et aux marquis » ils n'auraient pas plus que d'autres le droit d'arriver dans les conseils du Roi. Jamais en vit-on d'ailleurs plus que dans notre République qui prend un duc pour président et qui n'a pas même le courage de biffer les titres de noblesse, absolument incompatibles, selon nous, avec les us et manières de la très-haute sinon très-noble dame qui nous fait en ce moment la loi !

D'autres interlocuteurs n'ont pas les mêmes craintes. Ce sont des peureux et ils disent :

« Le Roi ne s'entourerait-il pas, au contraire, de trop d'anciens adeptes de la révolution ?...»

Vous voyez qu'il est difficile de contenter tout le monde ? Mais cette appréhension est chimérique. D'abord personne ne voudrait plus avoir été « adepte de la révolution ». Il n'y aurait plus que des royalistes, croyez-moi, et tout le monde l'aurait toujours été.

Les conversions s'opèrent si vite, surtout lorsque
les intérêts poussent aux conversions ! Je n'affirme
rien cependant. Je sais seulement que le prince qui
a dit qui ne voulait pas être « le roi d'un parti »,
qu'il n'entendait pas « revenir par un parti », saura
mieux que personne ce qu'il devra faire. N'est-
ce pas lui qui a dit :

« Je n'ai ni injure à venger, ni ennemi à écouter,
» ni fortune à refaire, sauf celle de la France, et
» je puis choisir partout les ouvriers qui voudront
» s'associer au grand ouvrage. »

Graves paroles par lesquelles je terminerai cette
étude déjà longue, en la résumant ainsi :

Personne ne croit à la durée de la République.

Tout le monde sent qu'il faudra un jour substituer
un gouvernement nouveau à ce système—d'ailleurs
révisable—qui peut bien nous régir mais qui, certes, ne nous gouverne pas.

Les impérialistes, avec leur jeune prince inexpé-
rimenté, leur appel au peuple—imprudente adhé-
sion à un principe de souveraineté populaire qui est
la négation même de l'idée monarchique et la cause
de nos révolutions—et la juste répulsion qui les
frappe (au point que la plupart d'entr'eux n'osent
pas même proclamer leur opinion) sont-ils en mesure de resaisir le pouvoir ?

Non.

Y a-t-il, dans le parti de l'ordre, un nombre plus
grand d'hommes résolus à repousser le principe de
la Monarchie traditionnelle, héréditaire et nationale,
qu'à l'accepter ?

Non, encore.

Les orléanistes aimeraient-ils mieux l'Empire que la Monarchie ?

Non, toujours.

Les républicains de circonstance que nous avons, —car le pays n'est pas républicain—modérés ou non, préfèreraient-ils, eux aussi, l'Empire à Henri V ?

Non, une fois de plus.

Dans ces conditions, les plus grandes chances ne sont-elles pas pour la Monarchie, si on doit, un jour ou l'autre, abandonner la République ?

Si les hommes de bonne foi disent : oui, c'est partie gagnée pour la cause de l'ordre. Le pays se relève, se régénère.

Et qu'on ne dise pas que M. le comte de Chambord a tort de ne pas lancer de nouveaux manifestes ; qu'on le croit mort ; qu'on l'oublie... Tout ce qu'il avait à dire, il l'a dit. Qu'on relise ses appels successifs au bon sens et surtout à la raison du pays, on verra qu'il ne pourrait que se répéter. Ne l'accuserait-on pas, aussi, d'être importun ?

Il attend (1).

Pour nous, hommes d'ordre, la ligne de conduite est toute tracée. Unissons nos efforts pour déjouer les intrigues qui pourraient se produire, détruire les préjugés, réunir le plus d'adhérents possible à ce grand principe de l'hérédité monarchique qui—nous l'avons dit déjà — a fait la France et la refera.

---

(1) Les belles paroles du 1er mars, prononcées devant les délégués de Marseille, nous arrivent au moment même où nous écrivons ces lignes. Ne prouvent-elles pas que le prince est toujours prêt?

Soyons conciliants avec nos adversaires d'hier, destinés à devenir sur le terrain d'une réconciliation générale et nationale nos alliés de demain. Laissons les républicains, modérés ou non, s'entre dévorer et donner chaque jour une preuve nouvelle de l'impuissance de leur principe, au point de vue gouvernemental et pratique. Ne disons pas surtout que la seule chose qui soit ce ce moment *possible*, en France, pour nous sortir du chaos, est *impossible*.

N'oublions pas qu'une guerre avec l'Allemagne ne pourra être conjurée que par le rétablissement de la monarchie légitime. La Prusse nous guette, elle se refait. N'étant pas encore prête, elle pousse, en dessous main, à la guerre entre la Russie et la Turquie, pour amener un embrasement dans l'Europe orientale et pouvoir plus sûrement alors nous envahir de nouveau.

Que deviendrions-nous, le cas échéant, sans alliés ?

Des alliés nous en aurions, avec Henri V...

Voilà pourquoi, sans porter atteinte, en aucune façon, à la Constitution actuelle, destinée forcément à être révisée — et que nos amis d'ailleurs n'ont pas votée, — nous nous croyons très-fermement autorisés à dire que LA ROYAUTÉ EST IMMINENTE.

FIN.